GIANLUCA SPOSITO

CHIAMAMI QUANDO VUOI

intra

Collana *Il Disoriente – Luoghi della lettura*, 1

Codice ISBN 9791280035028

<h1 style="text-align:center">1</h1>

“Anna, tesoro, guarda che il Direttore ti ha già cercato: vuole parlarti”

Anna arrivò di corsa alla sua scrivania, poggiando un grosso faldone e facendo un grosso respiro.

“Ero da Serrani per quella maledetta consegna in Arabia. Ora lui dov’è?”

“Nella sua stanza. Mettiti la mascherina…”

“Noooo… ma come? Solo la settimana scorsa era ancora in convalescenza! Come fa a fumare ancora?”

“È un coglione che si traveste da avventuriero…”

“Allora entro nel fumoir…”

“Salutami Corto Maltese”

Due tocchi secchi alla porta, e il Direttore la fece entrare. La cortina di fumo era effettivamente piuttosto densa.

“Buongiorno Direttore, mi cercava?”

“Sì Anna, la cercavo per quella sua richiesta di ferie. Capisco che non ne prende da oltre un anno… ma un po’ più di preavviso no?

“Ha ragione Direttore, ma ho dovuto riorganizzare alcune questioni personali, e purtroppo non potevo rinviarle ulteriormente… sono stata costretta…”

“E sì, perché lei così fra tre giorni mi scompare per una settimana… e la questione con quelli… gli arabi?”

"Tutto risolto, Direttore. Ho spiegato a Serrani, che se ne occuperà in mia assenza"

"Risolto per modo di dire: deve risolvere Serrani… non è che c'è tanto da stare tranquilli…"

"Le assicuro Direttore che ha capito bene, questa volta. Sono stata da lui un'ora, e gli ho fatto ripetere tutti i passaggi. Li sapeva"

"E va bene, allora. Se lo ha preparato lei… speriamo bene. Ma, mi scusi, perché così all'improvviso?"

"Cosa, Direttore?"

"Intendo dire: perché ha chiesto questa settimana di ferie? È successo qualcosa? O forse è una vacanza last minute?"

"Magari Direttore! Nessuna vacanza: solo… questioni di famiglia, devo sistemarle in questi giorni, non potevo rimandarle ancora. Comunque la ringrazio molto, e se ci sono problemi con Serrani, mi chiami pure. Buongiorno"

"Buongiorno Anna, buone ferie comunque"

Anna era già uscita. Aveva accelerato conversazione e passi da quella domanda di Corto Maltese. Pochi sapevano come avrebbe trascorso quelle ferie.

"Tesoro, allora ci hai parlato? Che ti ha detto? – Mamma mia quanto puzzi di fumo!"

"Appunto: a parte il fumo, tutto bene. È preoccupato per Serrani. Ma non poteva dirmi di no, è un anno che non prendo ferie"

"Certo, cara. E chi lo può dimenticare… Ma sei pronta a sistemare questa cosa? Sei sicura che non vuoi una mano? Io ci vengo volentieri, se me lo chiedi"

"Grazie Marta, grazie. Ma devo fare io, nessun altro. Devo chiudere io il cerchio"

Anna riprese a lavorare, quel giorno, pensando a quelli che sarebbero presto arrivati e a quelle sue ferie così speciali. Era ormai decisa, ma doveva ancora fare una cosa, e la fece quel pomeriggio. Si erano messaggiate e accordate per vedersi a casa di Sara.

Lì c'era stata tante volte, soprattutto a cena. E prima di suonare ebbe un'esitazione, un pensiero veloce, una carrellata di immagini e suoni velocissima. Poi si decise.

"Ciao"

"Ciao Anna, da quanto tempo… accomodati"

"Grazie". Anna entrò guardandosi attentamente intorno, pur conoscendo benissimo quella casa e quei mobili. Sembrava cercare qualcosa, o forse temere di trovare qualcosa. Sara lo capì subito.

"È sempre tutto uguale, non trovi?"

"Sì, tutto… tutto come allora"

"Quasi tutto…"

"Sì: quasi tutto…"

"Ma siediti… parlami di te: come stai? Come va al lavoro?"

"Sto abbastanza bene, dai"

"Vivi sempre da sola?"

"Sì"

"Mauro? L'hai più sentito?"

"No… sono sei mesi che non ci vediamo e sentiamo più. Non ha retto. Non mi ha retto…"

"Si capiva purtroppo che non ce l'avrebbe potuta fare…"

"E tu? Tu come stai?"

"Come vedi. Vado avanti. Stesse cose, stesse ritmi, stesse fibrillazioni, e stesse noie. Stesso malessere: sempre uguale a sé stesso"

"Perché non sei andata a vivere altrove?"

"Perché dovrei? Questa è sempre stata casa mia… nel bene e ora nel male… Pensi davvero che il malessere non mi seguirebbe, non traslocherebbe assieme a me? E poi: è dovunque… in quel mobile, in quella foto, su quella mensola… Dovrei bruciare tutto, ma sono sicura che la cenere mi entrerebbe nei polmoni… No Anna, non è questo il rimedio…"

"E allora il rimedio qual è?"

"Se lo conoscessi davvero, non convivrei con lui! Ma ormai mi sono quasi abituata… Mi sveglio, mi guardo intorno, mi sembra sempre di essere un anno fa, di dover andare al lavoro e di ritrovarci qui la sera, o da lui, a casa sua. Poi mi addormento, e ricominciamo… è un ciclo infinito…"

"Sara, io ho deciso: ho preso una settimana di ferie, la prossima. E lunedì vado lì, a casa sua"

"Davvero? Ma te la senti?"

"Sì, lo voglio fare. Lo devo fare. Prima o poi lo dovevo fare"

Sara la precede: "Io non ci riesco… Non chiedermi di venire, ti prego… A stento riesco a convivere qui con il suo ricordo. Lì sarebbe troppo per me. No, no, non posso proprio…"

"Non preoccuparti, lo immaginavo. Però dovevo parlartene. Volevo avvisarti"

"Ti ringrazio, sei sempre stata così cara…"

"Se ci fosse qualcosa di tuo…"

La interrompe: "Fanne quello che vuoi, ma non portarmela. Quello che di mio era lì, è morto con tuo fratello"

Anna annuì, e poi: "Sai bene quanto per me sia difficile, anche solo parlarne… Ti capisco benissimo… Ma devo farmi forza, non posso lasciare quella casa così, in stato di abbandono. Non lo merita. Non lo merita nessuno"

Poco dopo, si salutarono. Senza lacrime, ma in balia della corrente di quei ricordi e di quel dolore, ancora troppo recente.

2

Il lunedì seguente fu per lei il giorno della prova più grande. Si svegliò di buon mattino: doveva essere lì per le 8 e prendere quello che c'era da prendere. Poi alle 12 sarebbe arrivato l'agente immobiliare, e nel pomeriggio i primi facchini avrebbero cominciato a liberare l'appartamento. Una giornata intensa, come già solo l'elenco delle cose da fare.

Ma Anna era ancora giovane, con quei suoi 37 anni portati benissimo. Una tempra straordinaria. Eppure, non era certo quella di un anno prima.

Dalla fermata della metro fino al portone del palazzo ebbe il cuore in gola, strozzata da quel battito sempre più forte. Poi, si impose di calmarsi, altrimenti come avrebbe retto fino a sera? E poi, ancora, nei giorni a venire? Con quell'andirivieni di gente e cose da fare? No, non poteva certo stare così. Ci provò.

Arrivando al civico 16, da lontano vide subito la cassetta della posta stracolma di cartacce e forse di qualche desueta comunicazione cartacea. Prese tutto come si può estirpare un'erbaccia infestante, e cominciò a riempire un primo borsone. Poi salì.

Sul pianerottolo, al quinto piano, davanti alla porta di casa fu presa da atroci dubbi sulla chiave da utilizzare: non la ricordava. In verità, non l'aveva mai usata: pur avendola, si annunciava sempre al fratello che la attendeva e le apriva. Eppure, le chiavi erano solo tre in quel mazzo. L'imbarazzo parve a lei stessa una banale scusa per ritardare quanto andava fatto, e così provò con la prima, e poi con la seconda, determinata e rapida.

"Buongiorno Anna"

Non si era accorta che, affacciata alla porta dell'appartamento attiguo, c'era la signora Matilde che la osservava nella sua tormentata ricerca da almeno un minuto.

"Oddio, signora: che colpo!"

"Scusami Anna, non volevo… è che non mi guardavi e allora non sapevo come farmi vedere… scusami ancora"

"No, no, signora. Nessun problema. Solo un po' di spavento… un po' troppo…"

"Ho sentito dei rumori, e ho voluto controllare… Sai, sono mesi che ci viene solo l'amministratore, e io ho paura dei ladri… c'è il terrazzino vicino al mio… insomma: volevo assicurarmi che fosse lui"

In realtà, la signora Matilde era un'impicciona di prim'ordine. Il fratello era solito intrattenere Anna e le sue amiche descrivendo in maniera divertentissima i comportamenti di quella nonnina canuta che non perdeva occasione di farsi trovare affacciata alla porta o al balcone, e le fantasiose scuse con cui spiegava di trovarsi lì. E Anna era affezionata anche a quella pettegola.

"Non si preoccupi, signora Matilde. In questi giorni potrebbe sentire dei rumori: ci sarò sempre io. Devo sistemare la casa"

"Fate dei lavori? La date in affitto? Non è che ve l'ha pignorata la banca?"

"No signora, nulla di tutto questo. Cercherò solo di sistemarla un po', di liberarla…"

"Chissà quante cose… quante ne dovrai vedere… Tuo fratello era un gran bravo giovane!"

"Sì signora, è vero: grazie", tagliò corto Anna, trovando finalmente la chiave giusta ed entrando. Si chiuse la porta alle spalle, provando un senso di liberazione; ma un attimo dopo si rese conto di essere dentro, e sentì di nuovo la gola strozzata. Si girò, guardò intorno, senza toccare nulla, per alcuni minuti. La travolse un vortice di immagini e di voci, come se quell'appartamento fosse pieno di vita e gioisse di fronte alla visita tanto attesa. Poi tutto si spense, alla vista di un libro con ancora una matita dentro a segnare la pagina: mancava un capitolo. Solo un capitolo, e almeno quello lo avrebbe finito. E poi sul tavolo della cucina le medicine, quelle tante medicine che gli avevano donato, o tolto, qualche mese in più.

Nella camera da letto la vestaglia da camera, e un paio di cravatte appoggiate sul letto come se avesse dovuto confrontarle e poi sceglierne una. E il ricordo di quella scelta mai fatta come una pugnalata. E poi uno schiaffo preso notando il plaid sul divano, accartocciato come se si fosse alzato poco prima; e ancora un urlo, di quando lei, dispettosa, gli rubava le macchinine. Strattonata, sballottata, ferita, Anna cominciò a toccare qualunque cosa, qualunque mobile, qualunque oggetto, e a sentirne la consistenza, gli odori, e a mettere dentro quel borsone quello che le sembrava più giusto tenere, o far avere tra qualche tempo a Sara. Pochi minuti, e uscì stremata. Scese velocemente le scale, e si rifugiò al bar proprio sotto il palazzo. Entrò come fosse inseguita, sudata e con quel borsone ormai pesante in mano.

"Ciao Anna, tutto bene?", gli chiese il proprietario, che la ricordava benissimo.

"Sì, sì. Solo le scale, che fatica"

"Ma le hai fatte in discesa, no?", le disse accennando un sorriso. Poi però le si avvicinò e con delicatezza le chiese: "Come stai? Sono mesi che non ti vediamo qui… Sei stata a casa di tuo fratello?"

"Sì, oggi. Per la prima volta da allora"

"Ti posso offrire qualcosa, dai?"

"Un po' d'acqua sì, grazie"

Notò il borsone. "Sei venuta per prendere qualcosa?"

"Sì, poche cose… quelle che riesco… quelle che non è giusto buttare…"

"Hai fatto bene. Sai, io e mia moglie ti abbiamo pensato tanto in questi mesi. Volevamo anche chiamarti, ma avevo solo il numero di tuo fratello; tra l'altro, proprio qualche giorno fa ho fatto partire la chiamata per errore…"

"Ah, e ti ha risposto?", imponendosi un'ironia evidentemente troppo sofferta.

"No… però ha squillato! Si vede che aveva troppo da fare… Vedrai che Arturo sta molto meglio, ora, stanne certa!"

"Lo voglio proprio sperare…". "Sicuramente meglio di me", pensò.

Ripresasi, salutò il barista e risalì all'appartamento. Questa volta volle accendere le luci e aprire le finestre; pensò che così potesse essere tutto più sostenibile. Si affacciò anche al balcone; e guarda caso trovò a fianco la signora Matilde che, ancora una volta, le volle spiegare perché stesse fuori, ovvero verificando la pendenza del balcone e interrogandosi sul perché le piante non trattenessero abbastanza acqua.

Anna la ascoltò con la consueta cortesia, poi rientrò cercando di finire quanto iniziato.

Si fecero rapidamente le 12, e il citofono suonò improvviso. Anna pensò di tutto: corse ma non rispose nessuno. Allora pensò a cose ancora più impossibili, indicibili, fino a quando non suonò anche il campanello della porta. E la aprì.

"Lei è la signora Anna? Buongiorno, io sono Paolo della Magica Immobiliare"

Anna riprese colore e il ricordo dell'appuntamento delle 12 emerse naturale.

"Ah sì, prego, ti stavo aspettando"

Fece entrare quel giovane, avrà avuto poco più di 20 anni. Le sembrava davvero un ragazzino.

"Ti faccio fare un giro dell'appartamento, poi magari andiamo anche al garage"

"Sì, certo. Le dispiace se faccio qualche foto?"

Anna mostrò un'indecisione. "Da domani l'appartamento sarà vuoto… Preferirei che tornassi e facessi le foto dopodomani, se non è un problema"

"Ci mancherebbe, nessun problema"

Quel giovane le era simpatico. Il suo garbo e la sua giovinezza le ricordavano, neanche a dirlo, suo fratello. E vederlo girare in quella casa, la colpiva ancora di più.

Lo accompagnò fino al garage, parlando di mercato degli immobili e di prezzi, con una sempre crescente voglia di dirglielo, trattenuta come tante altre cose di Anna. Poi si salutarono, dandosi appuntamento per le foto.

Anna chiuse velocemente l'appartamento, salutò con un sorriso l'immancabile signora Matilde fuori la porta questa volta intenta ad osservare le fughe del pavimento del pianerottolo, e scappò via, come mai aveva fatto.

3

La casa di Arturo era stata liberata come da programma. Le foto fatte; la settimana di ferie oramai quasi finita.

Anna aveva voluto tenere per sé solo una foto con il fratello, e l'aveva sistemata nella sua piccola sala. Lui la rincorreva in un giardino; lei, fiera ma preoccupata, scappava a gambe levate con in mano una macchinina.

L'aveva sistemata vicino ad un divano, dove si sedeva e poteva vederla. Così come quel venerdì pomeriggio, in un momento di calma tra le ultime cose da fare prima di riprendere il lavoro il lunedì seguente.

Doveva anche passare dal parrucchiere prima di andare a cena con Antonella, la sua compagna di scuola, che non aveva mai smesso di frequentare.

Accidenti, Antonella! Se ne era completamente dimenticata… Allora meglio avvertirla e spostare la cena un'ora dopo, pensò guardando l'orario. Prese il cellulare, aprì la rubrica e per errore digitò "AR". Comparve "Arturo". Ebbe un sussulto, poi una stretta al cuore: non ricordava di avere ancora il numero di Arturo in rubrica. In verità, non ci aveva neanche mai pensato.

Fu davvero strano leggere quel nome, rivedere il numero che lei comunque ancora ricordava. Arturo aveva sempre avuto quel numero da almeno vent'anni, e tutti in famiglia lo conoscevano a memoria, persino i genitori ormai anziani.

Che strano rivederlo. Che strano pensare che se non si è più vivi, quel numero non scompaia automaticamente. Che sciocchezze, pensò anche: perché mai dovrebbe scomparire? È un numero e basta. No, non era solo un numero: era quello di Arturo. Era la sicurezza di tutti in famiglia, per qualunque necessità. Anche se lui spesso lo dimenticava da qualche parte, rispondendo in ritardo o richiamando più tardi. Ma c'era, in qualche modo c'era sempre. Per tutti. Anche quando la sua voce era diventata sempre più flebile e le conversazioni limitate oramai ad un veloce saluto. Negli ultimi due mesi, il cellulare lo accendeva poco: non riusciva a parlare e non voleva farsi sentire così, soprattutto dalla sorella e da Sara.

E quel cellulare non saltò mai più fuori, nascosto o dimenticato chissà dove. Sempre più spento, come Arturo.

Era inevitabile per Anna ricordare anche l'ultima volta che lo aveva chiamato: quella voce sofferta, quell'altruistico "Benino, dai" rifilato alla sorella, quella televisione in sottofondo trovata ancora accesa il giorno dopo.

Li tenne davanti agli occhi per qualche secondo, quel nome e quel numero. Poi ripeté la ricerca correttamente, e subito comparve 'Antonella'. Anzi, volle metterla tra i preferiti, quasi a scongiurare un nuovo errore simile e di doversi ritrovare con quel nome davanti.

Eppure, non pensò di cancellarlo. Anzi: pensò e ripensò all'episodio molto spesso quel pomeriggio. E a cena ne parlò anche con Antonella.

"Sai oggi cosa mi è successo? Mi sono ritrovata in rubrica ancora il numero di Arturo…"

"Non l'hai cancellato?"

"No, non l'ho fatto. In verità non ci ho mai pensato. Però oggi ritrovarlo così, rivederlo… non è stato facile"

"Lo so, ti capisco"

"Ho anche pensato: lo cancello. Però… non ci riuscirei, credimi…"

"C'è chi lo fa d'istinto, subito. E chi non lo fa mai. Sai quanti non si pongono neanche il problema? Se ne accorgono magari anni dopo"

"Io me ne sono accorta dopo un anno… pensa…"

"Per molte persone è come staccare un cordone ombelicale, tranciare un legame definitivamente… Può essere difficile… Poi c'è anche chi vuole rileggere spesso quel nome, avere conforto dal portare con sé quella persona cara in qualche modo. Poi c'è anche chi spera che un giorno…"

"Sì, ti richiama…", disse con la solita sofferta ironia.

"Sì, sì", Antonella sorrise. "Sì, perché non sai mai cosa succederà, a te e a chi non c'è più, e magari speri in qualcosa di apparentemente impossibile. Però, che ne sai? Magari accade: magari accade proprio a te. E allora ci speri e convivi con una speranza, che è sempre meglio di convivere con una assenza"

"Se c'è chi si accontenta così…"

"Ma lo sai che in Giappone c'è una cabina telefonica del vento?"

"Cosa c'è?"

"Sì, una cabina telefonica sistemata in un giardino da un giapponese che a causa di uno tsunami aveva perso un cugino cui era molto legato. Poi l'ha messa a disposizione di quanti volessero parlare con i defunti, chiedendo al vento di portare le loro parole. Lo sai che ormai ci vanno migliaia di persone?"

"Pazzesco…"

"Sì, davvero. Comunque, una vera poesia…"

"Orientali… un'altra dimensione…"

"Ma tu hai provato a chiamarlo?"

Anna rimase spiazzata dalla domanda. Non capì

subito.

"Chi?"

"Quel numero, in rubrica. L'hai poi chiamato?"

"Ma che senso ha? Ma cosa dici?"

"Certo, per pura curiosità. Che so: per sapere chi ti risponde, se esiste ancora o non è più attivo, a chi è stato assegnato… Ad esempio io ricordavo benissimo il numero della casa in cui da bambina abitavo a Roma: lo ricordavo benissimo, prefisso e numero. E qualche anno fa l'ho voluto rifare!"

"Sì? E poi?"

"Mi ha risposto un romano piuttosto romano. Io ho provato a fare qualche domanda. Del tipo: ma lei da quanto tempo ha questo numero? Vive a Roma? Roma Roma? E simili"

"E lui?"

"Non ti sto neanche a raccontare per filo e per segno cosa mi ha risposto… una valanga di improperi… Al che mi sono fatta una grande risata e ho chiuso"

"Però ti sei tolta una soddisfazione!"

"Vuoi mettere?", disse ridendo. "Più che altro una curiosità… Ho mantenuto vivo il ricordo di quei tempi… E la prossima volta che vado a Roma passo proprio sotto quel palazzo! Magari becco il romano che esce… Lo riconosco, ne sono sicura!"

Anna e Antonella cominciarono a ridere sonoramente. Ma Anna non faceva che pensare a quella cabina telefonica del vento e a tutti quelli che magari si mettono in fila, compongono il numero di un loro caro, e cominciano a parlare… "Che follia!", "No, che poesia!", "Non saprei, non so".

"Ma poi della casa di Arturo che farai?", le chiese Antonella.

"Vorrei venderla… anche se non è periodo… Ho contattato un'agenzia, è venuto un giovane, mi ha spiegato che la posizione è buona ma il mercato è quello che è…"

"E perché non provi nel frattempo ad affittarla?"

"Dici?", ma alla domanda Anna in verità aveva già la risposta. Però non voleva darlo a vedere, neanche ad Antonella. Che però cominciava a capire.

"Il problema con l'affitto è che non sai mai chi te la prende… cosa ci fa… come te la tratta… Poi magari rischi che non ti paga più e te l'ha anche rovinata… No, no, troppo… era comunque la casa di Arturo, dai… non me la sento…"

"Senti Anna, perché invece non ci vai a vivere tu?"

"Io?". Ci pensò molto seriamente. Poi: "No, dai… Io non me la sento… Sarebbe bello… ma poi mi guarderei sempre intorno… No, no: non ci riuscirei… E poi che farei della mia? No, dai, non se ne parla proprio"

Poi la conversazione scivolò finalmente su altri argomenti, ma i pensieri di Anna erano ben ancorati.

4

Anna aveva ripreso a lavorare. Quel sabato mattina aveva voluto dormire, si era concessa qualcosa di impensabile negli ultimi mesi. E ci era riuscita.

Ma al risveglio, poco dopo le 9, si ricordò d'improvviso di quella chiamata che Arturo le faceva ogni sabato, con qualunque tempo, in qualunque condizione, in qualunque luogo: lei sapeva che alle 9 del sabato Arturo la doveva chiamare. Non c'era verso, neanche di fargli capire che magari poteva avere voglia di dormire un po' di più; o che magari con lei c'era ancora qualcuno. No, assolutamente: Arturo la chiamava. Ma non perché fosse un fratello prepotente e impiccione: solo perché era un momento della settimana in cui lui poteva dedicarsi a quella sorella tanto amata, e parlarle finalmente con tranquillità. Anche se lei non poteva!

E così rimase distesa sul letto, con gli occhi a puntare il soffitto e la mente a ricordare quelle lunghe, lunghissime telefonate. Col fidanzato di allora che si rotolava di fianco implorando pietà. E Arturo che, sentendolo, le diceva ridendo: "Ma se ha sonno, perché non va a casa sua?"

Anna rideva, rideva ancora, solo ricordando quell'appuntamento fisso.

Poi prese il telefono, come solitamente faceva per

vedere se c'erano messaggi o chiamate al risveglio. D'istinto andò alla rubrica, e questa volta digitò proprio "Arturo". Qualche secondo ancora, e poi schiacciò il verde della chiamata. Sì: non ci pensò più di tanto. E allora si mise lì in attesa di capire cosa stesse per succedere: attendeva un segnale, non tanto una voce. Forse sperava di sentire quella comunicazione relativa ai numeri dismessi o non corretti. Ripeteva tra sé e sé quella frase del risponditore che tante volte le era capitato di sentire. E sperava che succedesse anche quel giorno.

Invece il telefono cominciò a squillare. Anna fu colta di sorpresa. Non lo aveva previsto. O, meglio, non lo voleva prevedere: sperava in qualcos'altro. Ma niente: il telefono stava squillando, e lei non sapeva cosa fare. Tre, quattro, ormai quasi cinque squilli. Doveva decidersi: attendere? No, non ci riuscì, e chiuse. Con un grande sospiro, e dandosi un attimo dopo della stupida. E sì, perché non poteva essersi agitata per niente! Era assurdo: e perché mai avrebbe dovuto? Cosa poteva mai accadere? Cercava così in qualunque modo di razionalizzare quell'episodio, di imporsi un comportamento più logico. Eppure, era successo. E non riusciva a crederci.

Prese allora di nuovo il telefono e questa volta con determinazione si dedicò a scrivere a Marco, un collega dell'ufficio tecnico che le aveva proposto di uscire quella sera. Avevano interessi comuni, tra i quali il cibo messicano. Non esitò, e gli confermò l'appuntamento. Quella sera si doveva cambiare aria, era decisa.

Marco era un tipo garbato e paziente. Non poteva essere diversamente, vista la scarsa disponibilità di Anna in quel periodo. Si conoscevano solo da qualche mese, ma il rapporto di lavoro era diventato di amicizia, sebbene Anna dopo la morte di Arturo facesse fatica ad aprirsi, tanto più con un uomo.

"Era ora che accettassi un mio invito!"

"Perché? Quando me l'avevi già chiesto?"

"Andiamo bene… neanche te ne ricordi…"

"Va bene dai, facciamo che ho accettato subito e questa è la tua grande e unica occasione!"

"Neanche così va bene… troppe ansie…"

"La vuoi proprio facile?"

"Facciamo che io ce la metto tutta, ma tu non mi metti il voto, ok?"

"Dai, va bene. A fine serata ti faccio una valutazione, però senza voto!"

"È inutile, non ho speranze…"

Ecco: Anna riusciva anche a relazionarsi amabilmente col prossimo. Ma, dalla morte di Arturo, senza mai riuscire ad aprirsi realmente.

Marco aveva indubbiamente delle ottime doti: affabile, colto, sensibile. Ma Anna lo teneva sempre ai margini della sua sfera di sicurezza emotiva. Non riusciva a farlo entrare; anche se Marco bussava da tempo.

La serata scorse via serena, e gli argomenti affrontati furono tutti piuttosto leggeri. Mai che si fosse toccato quello di Arturo o le difficoltà di Anna; men che meno la possibilità di concludere la serata a casa sua o di Marco.

Insomma: i due si salutarono affabilmente, e Anna ricompensò Marco con una buona valutazione, lasciandosi sfuggire un "7". Poi però tutti a nanna, ciascuno con le proprie taciute soddisfazioni e insoddisfazioni.

Ma quella sera Anna dormì poco. Fu una notte tormentata, così come quella domenica solitaria, trascorsa un po' leggendo e un po' necessariamente sonnecchiando.

L'indomani, lunedì, Anna si impose il consueto ritmo e si avviò decisa verso la metro e il suo ufficio. Guardò l'ora, vide di essere addirittura in anticipo. Allora, poco prima di avvicinarsi alle scale che l'avrebbero portata alla stazione, si fermò d'improvviso e afferrò il telefono, digitando ancora una volta "Arturo". Questa volta non rimase neanche per un attimo a guardare quel nome e quel numero, e toccò con decisione il verde dell'avvio chiamata. Lo fece lì, fuori le scale della metro, ai margini dell'orda di pendolari che si dirigevano verso la stazione. Così isolata, attese ancora una volta di capire se il telefono avrebbe squillato come l'ultima volta. Sì, fu ancora così: tre, quattro, cinque, questa volta anche sei squilli. Anna attese, era decisa a capire. Al settimo squillo, la voce di un uomo stravolse quel contesto, e la trepidante attesa si trasformò in totale smarrimento. Quel banale "Pronto?" fu come la rottura della sua bolla di isolamento, di quella campana di vetro che sembrava tenerla in un limbo di attesa che lei forse sperava non finisse mai. E invece quel vetro le stava ora precipitando addosso con schegge infinite, procurandole una sensazione di terrore, al punto da costringerla a chiudere e a scappare, scomparendo nelle scale della metro, confusa e protetta dall'orda dei pendolari.

5

Non poteva dimenticare quella voce. Non riusciva a non pensarci. Continuamente. Chi era? Ma certo che non poteva essere Arturo, suvvia! Lei lo sapeva bene. Eppure, non sapeva chi fosse, chi potesse esserci dall'altra parte: e questo la logorava, incessantemente.

Erano passate solo 24 ore da quella chiamata, ed era impossibile non pensarci. "Però non mi ha richiamata", diceva. "Avrà pensato ad un errore", certo.

Ma non era un errore. E infatti anche il giorno dopo Anna rifece quel numero, con una naturalezza tale da non accorgersene neppure. E attese i soliti, numerosi squilli. Era tornata dal lavoro, era a casa: non c'era da avere fretta. Poi, questa volta un po' prima dei 7 squilli, di nuovo quella voce.

"Pronto?"

"Sì... buonasera"

"Buonasera, mi dica", recitò quella voce indistinta. A quel punto Anna dovette davvero mettercela tutta per apparire in qualche modo credibile e non mostrare la sua irrefrenabile e dolorosa curiosità.

"Sì... vede... io la chiamo... perché ho questo numero... che in verità non chiamo da tempo... sì, insomma mi ritrovo in rubrica il numero ma... ma era di una persona diversa che non può certo essere lei... però vede… mi sono permessa di chiamare perché…"

"Perché prima di cancellarlo, giustamente…"

"Ecco, esatto: prima di cancellarlo volevo capire…"

"Se esistesse ancora, se fosse ancora attivo, chi lo avesse… Sì, sì: capisco perfettamente"

Anna era sconvolta dalla disponibilità e dalla comprensione di quell'uomo. Che aveva capito qualcosa ma non certo tutto, eppure era così cortese da ascoltarla e parlarle.

"Sì, appunto, prima di cancellare un numero e una persona sarebbe buona norma capire cosa stai cancellando…"

"Ha perfettamente ragione, signora: oggi cancelliamo tutto con troppa facilità, senza neanche rendercene conto"

"Esatto. A me invece non andava di fare così, e ho preferito chiamare"

"Certo, ha fatto bene. Ma mi ha cercato anche nei giorni scorsi?"

Anna rispose con leggero imbarazzo: "In verità credo di sì, anche se l'ho fatto magari mentre ero al lavoro o non so facendo cosa, quindi non ricordo bene se poi l'ho fatto e quando… perché? Ha trovato una chiamata?"

"Sì, credo di averne trovate un paio"

"Addirittura? E pensare che neanche mi ricordavo fossero due…"

Anna a quel punto fu assalita da un imbarazzo ancora maggiore e dubbi d'ogni tipo: con chi stava parlando? Chi era quell'uomo che rispondeva al numero di Arturo? Che senso aveva continuare a parlargli? Così, ruvidamente, cercò di chiudere la conversazione.

"Io comunque la ringrazio e mi scuso per il disturbo"

L'uomo non ebbe il tempo neanche di salutare. Anna rimase col telefono nelle mani, a guardare le ultime chiamare. Quella ad "Arturo" durata 52 secondi che le erano sembrati un'eternità. E il sudore freddo che l'aveva presa all'inizio e alla fine, quando non aveva più saputo cosa dire, ma avrebbe voluto sapere molto di più.

La sera ad Antonella raccontò i particolari della sua iniziativa.

"Poi l'ho chiamato, quel numero…"

"Dai? Raccontami! Chi ti ha risposto? Una vecchia scommetto! O un siciliano tipo Catarella! – Sì, già mi immagino la tua faccia, tu che non capisci una mazza di quello che dice, e lui che si scusa di persona personalmente!", e giù risate.

"No, no, niente di tutto questo… Mi ha risposto – tardi, in verità, dopo non so quanti squilli. Ma era un uomo. Voce adulta, senza particolari inflessioni. Non milanese, no. Ma neanche sotto l'Equatore, credo"

"Età?"

"Non saprei… forse 40, 50 anni, non di più però"

"E che gli hai detto?"

"Che non mi abbia riso in faccia è già molto… Sembravo un'oca… non sapevo come dirglielo…"

"Ok, ma poi? Gli hai chiesto del numero? Gli hai spiegato il perché della chiamata?"

"Veramente, no… non gli ho spiegato molto… Lui però è stato molto… sensibile… ecco… sensibile mi è parso proprio sensibile"

"Cioè?"

"Cioè deve aver capito qualcosa, tipo che non avevo il coraggio di cancellare quel numero se non avessi prima verificato a chi appartenesse ancora, e così mi ha dato ragione…"

"Sì, magari per rimorchiarti poi con sensibilità!"

"No, no, ti assicuro che aveva proprio un tono comprensivo. Come se gli paresse normale fare quello che ho fatto, anche se non può aver assolutamente capito che avevo chiamato il numero di mio fratello… Insomma, dai: mi è sembrato sensibile”

“Va bene, diamolo per sensibile. Ma chi è? Da quanto tempo ha questo numero?”

“Mica gliel’ho chiesto”

“Come non gliel’hai chiesto? E cosa vi siete detti?”

“Guarda che ci sono stata al telefono un minuto, forse anche meno… E poi che ne so… ero così imbranata… non sapevo cosa inventarmi… E poi mi ha davvero sballata con questa cosa di essere così… così…”

“Sensibile, sì, l’abbiamo capito…”

“Sì, proprio così”

“Almeno il nome te lo sei fatta dire?”

“No”

“Sei un disastro… Almeno io ci avrei provato, no? Altrimenti che chiami a fare? Per sprecare un po’ di minuti gratis?”

“Sì, forse qualcosa potevo chiedergliela, effettivamente…”

“E sì, qualcosina dai…”

“Va beh, oramai è andata… Mica sto a richiamarlo un’altra volta? Quello mi denuncia per *stalking*!”

“Ma se è sensibile…”

“Oh, non ti si può dire niente!”

Antonella e Anna continuarono a ridere e a bere, per un bel po’ di tempo, ma parlando soprattutto di altro.

Poi, la sera, prima di addormentarsi, Anna volle togliersi la curiosità di vedere se quella voce avesse anche un contatto *Whatsapp* e magari un volto: niente da fare. Quella voce restò misteriosa, e Anna quasi se ne convinse. Quasi.

6

Il giovanotto dell'agenzia immobiliare era puntuale come pochi. Alle 9 era già davanti all'ingresso dell'appartamento di Arturo assieme alla coppia di futuri sposi interessata all'acquisto.

"Buongiorno", disse vedendo la signora Matilde che, appena arrivati, era casualmente uscita con una scopa in mano e armeggiava sul pianerottolo.

"Buongiorno"

"Per caso sa se la signora Anna è già arrivata?"

"No, non l'ho vista oggi. Ma voi siete di Equitalia?"

"No, perché?"

"Scusatemi, si sentono tante cose in giro, in televisione… con la crisi… Allora forse dovete fare dei lavori?"

"Neanche signora" – quel giovane era davvero molto garbato e paziente – "Sono solo un agente immobiliare"

"Ah, allora voi siete i miei nuovi vicini!", disse rivolgendosi alla coppia.

La futura sposa cercò di bruciare nel rispondere il futuro sposo (che in verità neanche ci aveva provato): "Eh, prima bisogna vedere se fa al caso nostro"

"Oh, ecco la signora Anna" disse l'agente guardando le scale.

"Scusatemi" – Anna era ordinariamente trafelata – "metro piena, pedoni incivili … insomma sono in ritardo e poi tutti i piani a piedi…"

"Non c'è problema, signora. Questi sono i signori Martelli"

"Futuri signori Martelli", ma l'intervento del futuro sposo non apparve gradito dalla sua accompagnatrice.

Anna allora invitò tutti ad entrare, salutando momentaneamente la signora Matilde sempre apparentemente laboriosa sul pianerottolo.

"Prego, accomodatevi. Come potete vedere questo è un ingresso living, con un balconcino alle spalle del salotto", e proseguì la sua descrizione con partecipazione e cura dei dettagli.

Quando ebbe finito, la futura signora Martelli prese la parola, e rivolgendosi al futuro marito e all'agente immobiliare statuì:

"Mi aspettavo una metratura maggiore, in verità. Però, ragionandoci un po', si potrebbe anche fare qualche sistemazione diversa… Ad esempio, quella parete la sposterei un metro più dietro… così come il cucinotto: no, così non va assolutamente… Allora si potrebbero invertire alcuni ambienti… Per accedere alla camera poi è scomodo, dovremmo … Ah, mi scusi: ma i mobili sono compresi, vero?"

"Se vuole…", risposte Anna un po' sospettosa.

"Bene, perché il divano dovrebbe essere rifoderato, l'armadio reso più vintage"

"Ma è un pezzo vintage! È degli anni '50, mio fratello lo aveva preso ad una mostra poco tempo fa"

"Sì, ma lo voglio più vintage… Anzitutto lo alleggerirei nella struttura, poi il colore: così è troppo pastellato… ci voglio qualcosa di più intenso… per non parlare de…", ma Anna non la ascoltava ormai più… E fu proprio in quel preciso istante che, provvidenziale, squillò il suo telefono: "Arturo". Anna non ci poteva credere: dopo il primo sussulto, capì che si trattava della voce misteriosa.

Non sapeva se rispondere, salvandosi dai futuri signori Martelli ma avviando una nuova conversazione verso l'ignoto, o rifiutare la chiamata e sorbirsi ancora la futura sposa sproloquiare in tema di *interior design*, mettendo mano e bocca su quanto a lei invece appariva sempre più caro e irrinunciabile.

Aveva preso ormai il telefono tra le mani, e tutti aspettavano che decidesse cosa fare, guardandola. Decise di rispondere, col viso fintamente costernato e allontanandosi verso il ripostiglio, che la futura sposa non aveva ancora avuto modo di criticare e che Anna opportunamente chiuse dietro di sé.

"Pronto"

"Buongiorno, le chiedo scusa… la disturbo?"

"No, no, nessun disturbo. Mi dica pure"

"Sa, mi sono permesso di richiamarla perché forse l'altra volta devo aver chiuso per errore mentre la salutavo… non volevo che mi ritenesse un maleducato…"

"Ma no, si figuri… nella fretta… e poi, con questi telefoni che neanche li sfiori…"

"E già, proprio così!"

"Anche a me capita spesso…". Ma Anna stava già pensando ad Antonella, e a quando glielo avrebbe raccontato… "Antonella! Accidenti!", pensò. E subito chiese all'interlocutore:

"Mi scusi, non per essere indiscreta: ma lei da quanto tempo ha questo numero?"

"E che problema mai ci sarebbe nel dirglielo? Da un mese circa"

"Davvero poco"

"Sì, in verità ho voluto cambiare il mio numero precedente… Sa, un po' di pulizia nei contatti spesso fa bene…"

"Capisco, certo"

"E lei invece da quanto tempo non faceva questo

numero?"

"Da oltre un anno…"

"Poi, prima di fare pulizia, si è decisa a verificare…"

"Esatto… tutti prima o poi dovrebbero dare una rassettata alle proprie cose, ai propri telefoni, ai propri contatti. Ma lei di dov'è, sempre se posso permettermi?"

"Io sono romano e vivo a Roma"

"Ah, in verità non ne ero proprio sicura"

"Sì, romano romano, abito a Trastevere. Più romano di così… E lei invece?"

"Io sono di Milano, e ci vivo anche"

"Città efficiente e dinamica"

"Sì, se non ci si fa travolgere…"

"Immagino i ritmi, posso capire"

"Però indubbiamente…" ma Anna fu interrotta da un garbato tocco sulla porta del ripostiglio da parte del giovanotto dell'agenzia.

"Mi scusi, solo un attimo", disse Anna all'interlocutore e contemporaneamente aprì la porta del ripostiglio. Erano tutti lì fuori ad aspettare, quasi tutti con lo sguardo curioso ma fintamente indifferente, se non fosse per quello evidentemente indispettito della futura signora Martelli.

"Noi avremmo finito", disse il giovanotto.

"Va bene, grazie"

"Non vuole parlare con i signori Martelli? Vorrebbero chiederle di alcune modifiche interne e sul mobilio"

"No, e perché? Andrebbero a spendere troppo, glielo faccia capire. Non fa per loro. Grazie ancora", e richiuse la porta.

Il giovanotto, pur garbato, trasecolò non poco. Poi dovette necessariamente girarsi verso i futuri signori Martelli e spiegare, sempre con quel garbo che non gli mancava, che la signora non poteva raggiungerli e che avrebbero magari parlato meglio in agenzia. Quindi uscirono e si diressero verso le scale, non prima di essersi imbattuti nella signora Matilde che questa volta era intenta a togliere una ragnatela proprio davanti all'ingresso della casa di Arturo.

Anna nel frattempo aveva ripreso a parlare col romano di Roma.

"L'ho forse disturbata? Deve lavorare?"

"No, no, nient'affatto. Ero con delle persone, dovevo far vedere loro un appartamento"

"Allora è un'agente immobiliare?"

"No, no. L'appartamento di mio fratello, in vendita. Io lavoro in un'azienda, mi occupo dell'estero. E lei?"

"Io sono un maestro di tennis"

"Ah, uno sportivo per professione!"

"Sì, effettivamente faccio questo da tanti anni…"

"Ma allora la potrei conoscere. Se ha giocato a buoni livelli, forse sì: mio fratello seguiva moltissimo il tennis, e me ne parlava continuamente"

"Buoni livelli sì, la serie B italiana, ma non certo da andare in giro per il mondo… come si può pensare… e come pure io avrei sperato con non poche velleità…"

"Ma era giusto e normale che avesse queste aspirazioni"

"Il problema delle aspirazioni è che prima o poi, 'spirano'…"

Il romano era conversevole, e stranamente Anna gradiva intrattenersi. Ma l'orario non era favorevole, e se ne accorse con un colpo d'occhio all'orologio: alle 10 avrebbe dovuto essere in ufficio. Così, questa volta spiegando, chiuse la conversazione.

"Però mi perdoni", la interruppe il romano. "Il nome, il suo nome: giusto per chiamarla correttamente…"

"Anna, mi chiamo Anna. La saluto, magari ci si risente in un altro momento"

"Certo Anna. Io comunque sono Renato. Grazie e

buon lavoro"

"Anche a lei".

Anna scappò letteralmente fuori dall'appartamento, quasi travolgendo la signora Matilde che armeggiava vicino la toppa della sua porta.

"Buongiorno signora Matilde", disse correndo.

"Buongiorno Anna, ma non correre… comunque me l'hanno detto che non sono di Equitalia"

Anna era già fuori, per chiamare in ufficio.

"Marta? Ciao scusa ma io sono tremendamente in ritardo…"

"Sì cara, ce ne siamo accorti"

"Oddio, ma mi sta aspettando qualcuno?"

"Tranquilla: solo il direttore"

"Ah, e per cosa?"

"E secondo te me lo viene a dire? La sorpresa è sempre e solo per te"

"Va bene, dai, sto arrivando. Diglielo"

"Io glielo dico a Corto Maltese"

Dopo qualche minuto, eccola in ufficio. Con l'affanno, e con un'aria piuttosto preoccupante. Il Direttore era fuori la sua stanza, a colloquio con la segretaria.

"Anna, ma cosa ha combinato?"

"In che senso, mi scusi?"

"Sembra uscita da un frullatore"

"Ah, sì, mi perdoni, ma ho corso come non so cosa… e mi scusi anche per il ritardo, pensavo di stare dentro l'ora di permesso…"

"Va bene, va bene, venga pure"

"Grazie, Direttore"

"Si segga pure" – Il segnale era noto: voleva qualcosa – "Serrani"

"Cioè?"

"Serrani è un problema. Io non riesco proprio a vedercelo in quell'ufficio"

"Ma sono tanti anni che è lì… poi ci sono ottimi colleghi che lo supportano…"

"E io no! Non posso portare avanti un'azienda puntando sull'efficienza e poi trovandomi davanti Serrani… l'esempio più tipico di inefficienza che possiamo vantare… la lentezza bradipica fatta uomo… E dove andiamo? Ma lei lo sa che con l'estero l'anno scorso abbiamo perso il 12%?"

"Problemi di mercato… il comparto è in perdita…"

"No, no: problemi di trasmissione! Il caro velocipede ha trascurato la trasmissione degli allegati di alcuni contratti, trasmettendoli comodamente dopo la scadenza dei termini, e così ci siamo persi appalti per qualche milione di euro…"

"Parla della Westwood e della Byopic? Sì, sì, ricordo"

"Ah! Allora lei sa bene?"

"Più o meno…"

"Cioè?"

"In verità… quegli allegati li ho poi mandati io, perché mi sono accorta che era in ritardo… non ha guardato le scadenze… pensava forse di farcela… Comunque, non è servita neanche la mia spedizione tardiva… mi dispiace"

"Allora se sa, non può pensare che si possa continuare così in quell'ufficio. E veniamo al dunque: Serrani lo mandiamo all'ufficio ricerca e documentazione, tanto comunque ricercano e trovano gli altri; ma all'ufficio estero ci mettiamo lei al suo posto, altrimenti continuiamo a perdere milioni. E l'ufficio lo porterà avanti lei"

"Io? Ma sono in azienda solo da tre anni… forse non è ancora il momento… e poi come la prenderà Serrani?"

"E come la deve prendere il Consiglio di amministrazione, quando gli vado a dire che anche quest'anno siamo rispettosi del trend di quello passato, e continuiamo a perdere appalti perché abbiamo un responsabile dell'ufficio che non si segna le scadenze? Vuole forse scherzare?"

Il fumo era diventato oramai una cortina davvero impenetrabile.

Corto Maltese si alzò e si sedette di fianco ad Anna: "Mi ascolti bene, Anna: non è una questione di poco conto. Lei ha fatto molto bene in azienda, ha delle ottime qualità. E le verrà riconosciuto anche economicamente"

"Io Direttore la ringrazio, ma… il problema non è che io non voglia… Forse non sono nelle condizioni, ecco, di poter accettare, proprio ora, una proposta simile…"

"E perché mai? Mi spieghi! Non riesco proprio a seguirla"

"Lei lo sa, Direttore… O qualcosa le hanno fatto sapere… È da circa un anno che la mia vita è cambiata… e già faccio fatica a pensare al mio presente, si immagini a valutare una proposta o il futuro… Mi creda: non sono la persona giusta"

"Mi perdoni, ma lei merita quello che io le sto proponendo. Non è un regalo. E non può pensare di continuare a vivere portandosi dietro dolore e disperazione. Non può. Non è giusto né per lei, né per chi lei amava così tanto"

Corto Maltese non le era mai parso così umano. Le sembrava di essere altrove, con un'altra persona. Questa volta Anna faceva fatica a reimpostare la sua consueta difesa, a respingere quel comportamento così apparentemente sincero. In passato, non avrebbe esitato un attimo a gridare: "Sì!". Ma ora si sentiva diversa, completamente. Trafitta da tante spine che quotidianamente cercava di asportare, con immutata sofferenza.

Corto Maltese insisté: "Anna, deve pensare seriamente a sé, al suo bene, e a perpetuare il ricordo di chi gliene voleva"

"Direttore… non saprei…"

"Faccia così: si prenda una settimana. Ma non di più, perché tra una settimana Serrani comincia all'ufficio documentazione. Questa è l'unica certezza. E uscendo mi chiami per favore Volpini, Volpino o come si chiama"

"Va bene, grazie Direttore"

Uscì, chiamò Volpe (così si chiamava) e poi si sedette alla sua scrivania, affranta.

"Ma tesoro, cosa ti è successo? Che ti ha detto Corto Maltese? Problemi", le chiese Marta.

"No, no, tutt'altro"

"E allora perché stai così? Spiegami!"

"Dice che devo prendere il posto di Serrani, tra una settimana"

"E non sei contenta? Pensa che soddisfazione. Ma era ora, dai! Di Serrani non se ne poteva più… E questo è il 'problema'?"

"No, il problema sono io… Non ce la faccio… Non ce la posso fare…"

Abbassando la voce e avvicinandosi: "Tesoro, tu ora non puoi permetterti di rinunciare anche alla carriera… E perché? Per cosa? Tanto il tuo dolore non torna indietro: viene sempre con te, anche nell'ufficio di Serrani. E allora tanto vale che accetti…"

"Il problema è che io non sono in condizione di dedicarmi come vorrei a tutto questo…"

"Il problema è che tu sei convinta di non essere più in grado di fare niente… E ora il lavoro, e ora la bevuta, e ora il maschietto che ti insidia… Tutto spostato a dopo, a domani, a chissà quando. E cosa ti è rimasto? Ma pensi di durare a lungo così? E pensi che tuo fratello sarebbe contento di vederti ridotta così?"

Non le aveva mai parlato con questo tono, anche esasperato. Sempre allegra e spiritosa, ma mai così dura. E anche questa non ci voleva.

7

Il giorno seguente Anna non faceva che ricordare e riflettere, ancora, sulle parole del Direttore e anche di Marta. Parole che le risuonavano come campane, e non a festa. In realtà, non aveva mai smesso di pensarci, e anche nella pausa pranzo l'insalata la condì con un mesto e solitario silenzio. Non aveva voluto seguire le colleghe, neanche Marta, al solito Bar, preferendo quello più lontano dagli uffici.

E lì, seduta sullo sgabello nell'angolo, si specchiava nella vetrata chiedendo al suo clone che fare.

Poi prese di scatto il telefono, e tra le chiamate recenti trovò quella di "Arturo"; o, meglio, di Renato. Lo chiamò senza esitare.

"Pronto?"

"Buongiorno Anna"

"Buongiorno Renato, la disturbo? Non è mica in campo a fare lezione?"

"No, no, non è orario... A quest'ora li lascio solitamente cuocere da soli... Mi fa piacere sentirla. Come sta? E, se posso permettermi, evitiamo di darci del lei? È così formale e ufficiale..."

"Hai perfettamente ragione... Bene, grazie. Anzi, forse benino. Anzi, diciamo pure maluccio, non è un buon periodo"

"Come mai? Cosa accade a Milano?"

"Il problema non è tanto Milano…"

"Allora non dovrebbe essere neanche Roma, e invece spesso lo è…"

"Sì, immagino… diciamo invece che il problema non è tanto geografico o logistico… è un po' indipendente… diciamo che sono un po' indipendenti…"

"Dunque non un problema, ma più problemi. Io ho tempo… se vuoi puoi cominciare dal primo: scegli quello che preferisci…" – quel tono disponibile e anche ironico faceva indubbiamente breccia su Anna, ora incredibilmente aperta.

"Mettiti comodo, mi raccomando…"

"Allora attendo fiducioso e anche un po' curioso"

"Ascolta: se ti proponessero di andare ad insegnare in un circolo più grande, più importante, con maggiore autonomia e anche stipendio, tu cosa faresti?"

"Fammi capire: ti vogliono spedire all'estero?"

"Più o meno… no, solo in una stanza più grande, con una scrivania più grande, con tante più sedie, un monitor enorme, un telefono enorme, una responsabilità enorme…"

"E allora?"

"E allora? Non è mica facile decidere… soprattutto per me… e soprattutto in questo momento…"

"Allora dovresti farmi capire perché è così per te, visto che in assoluto non mi sembra una cattiva notizia…"

"Certo, tu non sai molto di me… anzi, solo il mio numero…"

"Anche tu di me conosci solo il numero, e per te non doveva essere neanche il mio… Dimmi, con chi volevi parlare quando mi hai cercato?"

"Cosa cambia?"

"Direi che è l'inizio, il necessario, l'essenziale. Perché non dovresti dirmelo? Tu hai cercato qualcuno, e io non lo sono. Ma chi volevi che fossi? Con chi avresti voluto parlare?"

"Beh, quando ho fatto il numero non avevo certo speranza di potergli parlare…"

Renato intuì.

"Che nome c'è scritto per il mio numero?"

"Perché vuoi saperlo, scusa? Che cambia?"

"Non cambia nulla, certo. Ma perché non dirlo? Chi c'era prima di me a questo numero? Perché non l'hai cancellato? Era sicuramente una persona per te importante. Io non lo sono, certo, ma anche io vorrei capire… saperlo sarebbe importante per me, ecco"

"Non hai tutti i torti, capisco anche te. Ma cosa cambia dicendoti che era di mio fratello?"

"Cambia che capisco molte più cose… e posso capire meglio quello che mi dici…"

"Ma, poi, mi chiedo, che senso ha tutto questo?"

"Aveva senso chiamare il numero di tuo fratello? Eppure, l'hai fatto. E poi…"

"E poi siamo qui, hai ragione…"

"Esatto, a parlare. Due sconosciuti che forse riescono a parlare meglio di due che si conoscono da tempo… Almeno ci sono più novità, non trovi?"

"Forse hai proprio ragione…", e accompagnò con una leggera risata quella frase.

"Come si chiamava tuo fratello?"

"Arturo, si chiamava Arturo… fino ad un anno fa…"

"Aveva da molto tempo questo numero?"

"Credo venti anni… credo non l'avesse mai cambiato"

"Addirittura? Da così tanto tempo? Eppure solo tu mi hai cercato…"

"Non hai ricevuto chiamate da quando l'hai preso?", chiede ridendo.

"No, volevo dire… da altri che cercassero Arturo…

Ma è stato doloroso, quando è successo?"

"Una perdita è sempre dolorosa… non ti saprei dire se poteva essere più o meno dolorosa in un altro modo… Come si fa a dirlo? Sapevo che doveva succedere. Forse è meglio sapere? Ma ti assicuro che quando succede non stai a chiedertelo"

Anna c'era riuscita. Era riuscita a parlare della morte del fratello, e peraltro con un estraneo. Ma non parlarono solo di questo nei 45 minuti di conversazione.

Anna tornò in ufficio un po' stordita e un po' felice. Non fu un pomeriggio normale, il suo. E la sera ancora meno, perché a complicarle quella giornata particolare fu anche l'insistenza di Marco nel cercarla, e nell'invitarla nuovamente a mangiare qualcosa assieme.

"Allora sei proprio determinato?", le disse al telefono con la solita ironia che li univa.

"No: fattene una ragione"

Ed Anna effettivamente se ne fece una ragione. Continuarono a sentirsi e a vedersi. E non solo.

8

Tre mesi dopo Anna aveva accettato la proposta del Direttore, e già da qualche tempo anche quella di Marco. Così lei e Antonella avevano deciso di festeggiare il nuovo incarico con una cenetta a quattro, assieme a Marco e a Luigi, compagno di Antonella.

"Poi ha preso il telefono e così, davanti a me, si è messo a chiamare Serrani!"

"No, dai, non ci credo!"

"Sì, ti giuro! E gli fa: 'Serrani, passi da me tra mezz'ora, le devo parlare, è urgente'"

"Certo, sapesse quanto è urgente!". Anna e Antonella ridevano a crepapelle, pensando a Serrani spedito all'ufficio ricerca e documentazione, isolato perché non potesse fare danni.

"Ora sei davvero arrivata", le disse Antonella, con occhi sinceramente appannati.

"No, non credo proprio… e tu sai bene quanto mi è costato…"

"Mai quanto ti costerà questa cena!", la interruppe Marco, sommerso dalle risate di tutti, alzando il calice di vino.

Ed effettivamente mangiarono oltre misura… Erano le 23 passate quando stavano ancora leggendo il menù dei dessert che squillò il telefono di Anna: Arturo. Ovvero,

Renato. Lo sguardo di Marco si incupì d'improvviso. Anna guardò fisso per un attimo il telefono, poi di slancio: "Per me va bene il tiramisù, devo rispondere, torno subito", e si allontanò col telefono all'orecchio, andando verso la *toilette*.

Marco abbassò lo sguardo. Antonella e Luigi si guardarono, consapevoli. Poi, dopo alcuni secondi di interminabile silenzio, Marco non riuscì a trattenersi:

"Non è possibile! No, non è proprio possibile! Tu Antonella mi conosci: sai quanto sono paziente, sai bene quanto l'ho cercata, quanto ho cercato di assecondare i suoi atteggiamenti, le sue paure… di esserle vicino, insomma. Ma non reggo, no, no, no"

"Ti prego…", provò Antonella.

"No, no, assolutamente così non va. Chi cazzo è questo? Come può chiamare a quest'ora? E perché lei è sempre così disponibile? È da quando siamo assieme che non c'è giorno in cui non si sentano! A qualunque ora, in qualunque momento, e qualunque faccia io possa fare! È più forte di lei"

"Ma lei ti ha spiegato…", insisté Antonella.

"Cosa mi ha spiegato? Che è un'amicizia? Che le sembra di parlare con suo fratello? Che è una persona estremamente gentile e corretta? Sì, sì, allora me l'ha spiegato! Il problema è che quando si spiega, l'altro dovrebbe crederci per capire, E questo non succede, perché è assurdo! È assurdo che lei possa avere questo atteggiamento, possa tenere in piedi questo rapporto così… così assurdo, sì: assurdo"

"Però, se ci pensi bene, non è poi così assurdo", provò anche Luigi.

"Cosa? Che una persona chiami il numero del fratello morto e intrattenga una relazione telefonica con chi le risponde? Ah, tu dici che non è assurdo? Certo: non lo è finché non lo vedi e lo vivi. Vorrei vedere anche te. Anche voi! Tutti, tutti alle prese con una donna che dice di amarti, e dopo due minuti, se le squilla il telefono, scappa perché non può farne a meno… perché è il suo legame con il fratello, con il passato, e altre assurdità simili"

Altri secondi di interminabile silenzio.

"Come potete giustificarla? Io mi sento preso in giro, questa è la realtà. Abbiamo quarant'anni, ci rendiamo conto?"

"Forse, se avessi vissuto quello che ha vissuto lei, potresti capire meglio… Io c'ero, prima e dopo, e ti assicuro che non è stato per niente facile per lei gestire quel lutto. Non lo sarebbe per nessuno, credimi. E trovare a quel numero una persona che le parli come suo fratello, e potrà essere incredibile, ma è davvero questa l'unica ragione che la tiene legata a quel numero e a quel telefono"

"Ascoltami bene, Antonella: quello che io contesto non è solo che ci sia un tizio che chiama la mia donna alle 23 di questa o di quella sera, ma che la mia donna parli più con lui che con me, che con lui lei sia così diversa… è questo quello che non so se riuscirò a sopportare"

Anna stava tornando. Accennò ad un sorriso, per niente d'imbarazzo. Per lei era sempre normale dedicare a quelle chiamate il giusto tempo. Marco rimase cupo, e la cena scivolò verso un epilogo molto silenzioso.

"Grazie, ci vediamo" furono le uniche parole che Marco disse da quel momento in poi ai suoi commensali, salutandoli all'uscita del locale. Lui e Anna si infilarono in auto e, così silenziosi, salirono a casa di Marco, dove ormai vivevano da un mese.

"Perché fai così?", gli chiese improvvidamente Anna.

"Perché? Hai anche il coraggio di chiedermelo? Non dovrei essere io a farti domande? E non te ne faccio più, ormai! Perché ricevo sempre le solite risposte. Assurde risposte"

"Assurdo sarà per te"

"Certo, certo: tutto ciò che appare agli altri assurdo è in realtà la 'tua' normalità. Certo. Conosco anche questa, di risposta. E non pensi mai a cosa provoca negli altri questa 'tua' normalità? Tu credi sia normale che io debba vederti mantenere una relazione telefonica – o almeno così dici che è – e non dire nulla? È normale che io debba vederti parlare con questo… come cazzo si chiama? Arturo no, Renato ecco, con questo Renato e non dire niente, senza accorgermi che il tempo che dedichi a lui è ben diverso da quello che dedichi a me?"

"Perché diverso? Cosa intendi?"

"Cosa intendo? Ma ti sei mai vista quando ci parli? Sei diversa, un'altra. Un'adolescente che scappa via col telefono per non farsi sentire. Questo diventi. E poi: sensibile, attenta, disponibile, e ancora oltre. Esattamente l'Anna che avrei voluto, e che invece ha lui"

"Ridicolo, è tutto ridicolo. La tua è solo una forma di gelosia. La tua è adolescenziale!"

Le si avvicinò con lo sguardo sconvolto, fissandola, e poi:

"Davvero non riesci a capire? Davvero? Come puoi? Perché?"

Anna si sottrasse allo sguardo, voltandosi.

"Marco, sei tu a non voler capire. Anche tu sai quanto ho sofferto, te l'ho raccontato. Con grande sforzo, ma te l'ho raccontato. Mio fratello Arturo è stato… è stato un punto fermo nella mia vita. E aver trovato a quel numero una persona che gli somiglia così tanto… tu non puoi capire… già è stato difficile per me vedere quel nome e fare quel numero… immagina sentire una voce così simile alla sua, dei modi così… guarda, non riesco neanche a raccontarlo… Cosa c'entra il nostro rapporto? Non c'entra nulla. Nulla!"

"Non ho davvero speranze: hai un solo punto di vista"

Quel confronto finì così, nel loro silenzio.

9

“Anna, non puoi continuare così”

Antonella non perse tempo per affrontare il problema. Già il giorno dopo il confronto fu serrato.

“Perché? Sentiamo: cosa dovrei fare secondo te?”

“Io ti voglio bene, ma se tu ne vuoi davvero a quel ragazzo, smettila. Ti va di sentire quella persona? Fallo in condizioni di normalità, non come se si trattasse di un amante, o comunque di una persona alla quale concedi molto di più! La tua disponibilità, ad esempio”

“Tutto questo perché hai sentito Marco lamentarsi, certo”

“No, no: tutto questo perché è anormale il tuo modo di comportarti. Ma davvero credi che un altro avrebbe tollerato quanto tollera Marco? Non riesci minimamente a renderti conto del fastidio che provoca un atteggiamento simile? Per non parlare del senso di incertezza totale che dai al vostro rapporto”

“Non credo di togliergli assolutamente nulla”

“E invece sì: perché tu togli a lui quello che dai all’altro. Qual è la vera Anna? Dov’è? Insomma: vedi di chiarire a te stessa come proseguire un rapporto, senza esasperazioni”

“Perché invece tu non pensi che quella persona possa farmi stare bene?”

Antonella ebbe un sussulto. Cosa intendeva Anna con quella espressione? Era improvvisamente, e per la prima volta, passata ad usare espressioni diverse. Quel Renato non sembrava poi così etereo e relegato all'altro capo del telefono.

"Ma cosa intendi?", le chiese subito Antonella.

"Cosa?"

"Parliamoci chiaro, Anna: tu questo lo hai incontrato?"

"No, assolutamente!"

"E perché me ne parli ora in questo modo?"

"In questo modo come?"

"Ti fa stare bene… addirittura? Cioè… mi stai dicendo che questa tua relazione telefonica ti fa stare bene, è meglio di altro?"

Anna accusò un attimo di ritardo nel rispondere.

"In verità so solo che quando gli parlo, mi sento sempre bene. Non aspetto altro. Sono felice quando vedo il nome di Arturo squillare e quando sento la voce di Renato… Non so davvero altro… forse neanche voglio sapere… però mi sento ormai così strana e diversa…"

"Tu mi stai dicendo che questo Renato ti ha preso così tanto, da farti mettere in discussione che sei una donna concreta di quasi quarant'anni, e che non può certo andare dietro a relazioni tipiche di un social per incontri?"

"Ma che significa? Cosa c'entra? Sto solo dicendo che parlando con lui ritrovo un equilibrio che avevo ormai dimenticato…

"E poi?"

"Poi cosa? Non c'è altro, e non ho altri obiettivi"

"Ne sei sicura?"

Anna cominciò a non reggere più lo sguardo di Antonella. La conosceva bene, e sapeva che non avrebbe mollato facilmente la presa.

"Perché mi tartassi con queste domande? Perché?"

"Perché ti voglio bene e voglio che tu voglia bene a te stessa…"

Anna esitò ancora. Poi:

"Io non riesco proprio a capire più niente… non ti so dire esattamente… so solo che lo voglio sentire… che sto bene se lo sento e gli parlo… e che vorrei incontrarlo…"

"Vedo che ci sei arrivata"

"Cosa vuoi dire?"

"Che mi sembrava scontato che lo volessi incontrare. Anzi: per come me ne hai parlato oggi, ho sospettato che lo avessi già fatto"

"Ma che dici? Non ho neanche il coraggio di dirglielo… Mi sento davvero come un'adolescente…"

"Tutto questo ci può anche stare, ma è arrivato il momento che tu faccia chiarezza. Con te stessa e con Marco: non merita questo tuo modo di fare…"

"E cosa dovrei fare secondo te?"

"Non hai l'età per sentirti fare raccomandazioni… sai benissimo come però posso trovare questa tua iniziativa… Se sei proprio decisa ad approfondire questa conoscenza, fallo pure, ma…"

La conversazione proseguì, ma senza Anna. Anna era già via, pensando a cosa avrebbe dovuto fare, a come farlo, a quando farlo. Il suo dubbio oramai non era più se chiamarlo.

Ma sciolse anche l'ultimo dubbio rimastole: la sera, come di consueto, intorno alle 21 lo chiamò, e…

"Renato, lo sai che venerdì devo essere a Roma? Devo fare un salto in un ufficio per verificare una nostra pratica… e allora pensavo: ci incontriamo?", e trattenne poi il respiro. L'esitazione di Renato fu quasi impercettibile, poi:

"Sarebbe carino, ma venerdì ho un corso di aggiornamento a Bari, resterò lì tutto il weekend. Mi dispiace… Magari organizziamo un'altra occasione. Purtroppo, lo sai, sono spesso fuori. Però si può fare, dai, prima o poi".

Per quanto la conversazione si fosse poi spostata su altri argomenti, Anna non riusciva a spostare l'attenzione da quel "prima o poi". Non riusciva ad evitare di pensare che quello fosse un gentile rifiuto, apparentemente occasionale ma nella sostanza definitivo. E non le andava giù, per tutta una serie di riflessioni che inevitabilmente era indotta a fare.

"Un corso di aggiornamento?"

"Sì, proprio così mi ha detto: un corso di aggiornamento a Bari!"

"Possibile, certo"

"Ma anche no!"

"Cosa fai, la scettica? Proprio tu che hai decantato per mesi le virtù telefoniche di quest'uomo?"

"No, Antonella: ti dico solo quello penso di questa cosa. Mi fa stare male"

"Lo vedo…"

"E sì, perché penso: allora non vuole incontrarmi. Magari ha cercato una mia foto sui social, da qualche parte, che so?, e già sa che non gli piaccio fisicamente. E vuole limitarsi ad un rapporto a distanza, intellettivo, platonico… o forse no, no… Magari è anche peggio: è sposato con figli!"

"E secondo te uno sposato con figli si tratteneva dall'incontrarti?"

"Hai ragione… ma… ma… magari ha un problema serio di coscienza… ha una coscienza come altri non hanno!"

"Certo, ma guarda un po'? Poteva non essere diverso da tutto il resto del mondo la tua voce misteriosa?"

"Sto solo cercando di capire, credimi"

"Lo vedo"

"Non c'è di peggio che vivere una situazione così… così incerta…"

"Su questo hai ragione: è arrivato il momento che tu chiarisca un po' di cose…"

"Oh, ancora con la storia di Marco e del chiarimento? Ma basta, non ne parliamo più dai!"

"Ora hai la testa impegnata altrove, ovvio…"

Anna già non l'ascoltava più, come spesso accadeva negli ultimi tempi. Era già altrove, pronta ad agire in modo diverso, decisa a capire.

"Antonella, tu mi devi fare un favore"

"Se posso…"

"Io devo sapere dove abita Renato?"

"Quindi? Cosa dovrei fare? Non mi chiedere di chiamarlo fingendomi Amazon o altro perché non ne sono capace, lo sai…"

"No, no, niente di così banale. Tu hai quella cugina che lavora nella telefonia, o sbaglio?

"Vai al dunque…"

"Io ti do il numero di Renato e lei mi rintraccia a chi è intestato e dove si trova…"

"Poi l'avvocato lo paghi tu?"

"Si può fare"

"Dai, non mi chiedere cose così… E poi, no, no: non me la sento"

"Ma qual è il problema?"

"E mi chiedi anche qual è il problema? Mi hai appena chiesto di commettere un reato! Anzi, mi hai chiesto di farlo commettere a mia cugina!"

"Ma cosa vuoi che sia! E comunque non ho chiesto di conoscere un numero di telefono, ma di sapere solo a chi è intestato"

"Ah, certo, è completamente diversa la cosa…"

"Su, ti prego: questa cosa mi sta distruggendo… Aiutami…"

"Tu sei la sola capace di farmi pentire prima ancora di sbagliare… perché tanto so già come andrà a finire…"

10

Aspettò una settimana. Non partì quel venerdì che aveva preannunciato a Renato, ma quello immediatamente dopo. Del resto – pensò – se realmente impegnato in un aggiornamento fuori zona, non lo avrebbe trovato. E il suo obiettivo era quello di conoscerlo, non tanto di stanarlo.

Ed eccola in treno verso Roma, di buon mattino. Si era organizzata per restarci fino al lunedì seguente (non l'avesse trovato nel weekend…). Aveva un nome, un indirizzo preciso, la localizzazione di Google Maps e anche un certificato di residenza. E voleva a tutti i costi capire.

Che vivesse solo, lo poteva solo presumere in base a quel certificato. Ma chi fosse, come fosse e cosa volesse o non volesse, doveva verificarlo di persona.

Il suo viaggio fu come il disegno di un gigantesco punto interrogativo che partiva da Milano e raggiungeva Roma. Un percorso fatto di poche fermate ma di tante incertezze. Domande continue; risposte, poche.

Le sembrò un viaggio intercontinentale: (poche) ore che non passavano mai, e territori intorno che le sembrava di non aver mai visto. Sensazioni strane, e tutte insieme.

Una sola, unica indecisione: arrivata nella strada che le indicava la sua mappa del tesoro. Si fermò un attimo, solo un lungo attimo a guardare quella strada e quei palazzi. Ma fu riportata alla realtà dal clacson di un feroce automobilista che se la trovò proprio nel mezzo della strada.

Proseguì, non ebbe altri dubbi. Pochi metri ancora e arrivò sotto quel palazzo di 7 piani, tipicamente cittadino, tipicamente enorme. Il citofono richiedeva una mappa a sé: una miriade di puntini e lettere, che formavano nomi e cognomi, storie umane sintetizzate, acronimi incomprensibili: l'esasperata ricerca di farci stare tutti, per poi non trovarli.

Perse qualche minuto a leggere quell'elenco. Partì dall'alto; poi pensò di essere più fortunata e deviò verso il fondo. Ma fu tutto inutile: li lesse davvero tutti, per poi trovarlo, minuscolo e in corsivo, tra gigantesche sigle maiuscole e colorate.

Pensò giustamente di schiacciare quel pallino, che avrebbe attivato un impulso elettrico capace di raggiungere chiunque in quell'alveare. Ma fu interrotta dall'improvviso sopraggiungere di un uomo che poté intuire essere il 'portiere' per un unico dettaglio: quel 'Dica!' rivolto con tale sicurezza e interesse, da non poter far dubitare.

"Ah, sì, scusi, cercavo Renato... cioè Renato Mantoni"

Il portiere la guardò prima come si guarda una pazza; poi si capì che era il suo atteggiamento di professionale riflessione, perché piegò la testa in segno di totale concentrazione e poi oracolò:

"Nun ce stà"

Evidentemente notò la faccia poco convinta di Anna, e aggiunse più analitico:

"Almeno io nun l'ho mai sentito. E pure la posta mica glie arriva qua"

Poi, forse impietosito, o forse assalito da un sussulto di orgoglio nell'esercizio del mestiere, si mise anche lui a guardare la mappa dei nomi, leggendoli singolarmente.

Una funzione che durò diversi secondi, inframmezzata dalla lettura ad alta voce di qualche nome, condito con dettagli su usi e costumi, allontanamenti veri o presunti, indicazioni di vario e colorito genere. Poi però arrivò su uno dei tanti acronimi: "M. R.". Lo confrontò con un altro, "R. M.". Ma a seguito di una esegesi piuttosto approfondita, e basata sul tipo di stampa, piuttosto consumata, che caratterizzava il secondo, sentenziò che poteva essere il primo. E ne fu talmente convinto che, senza chiedere alcunché, pigiò quel pulsantino, avviando quell'impulso elettrico. Anna ne rimase paralizzata, e lo guardò piuttosto male; ma non ebbe il tempo di dirgli altro, perché l'impulso aveva già raggiunto il destinatario.

"Pronto"

"Ah, pronto dottò, sono il portiere. Qui c'è una persona per lei", e le fece cenno di parlare tranquillamente, allontanandosi soddisfatto.

Anna fu costretta ad avvicinarsi a quell'enorme tabellone, e a sibilare un "Pronto? Renato? Ciao, sono Anna". Anna li contò, i secondi: tre secondi di imbarazzato silenzio di entrambi, poi interrotti da un freddo "Sali, terzo piano".

Anna salì a piedi, col cuore in gola. Ogni scalino una domanda, una incertezza, una paura.

Sul pianerottolo, tanti portoni; ma uno solo era socchiuso. Si avvicinò: il nome sul campanello riportava le stesse iniziali, "M. R.". Suonò; e quell'impulso elettrico le arrivò davvero dentro.

Dopo poco, la porta si aprì del tutto. Anna dovette abbassare lo sguardo, perché le aprì un uomo su una sedia a rotelle. Bellissimo, ben vestito e sulla cinquantina. Le sorrise.

"Buongiorno, cercavo Renato, sono Anna"

"Anna, sono io"

L'ennesimo e ancora più imbarazzante silenzio la

travolse. Non poteva aspettarselo, si giustificava; eppure, non poteva certo restare così in silenzio.

"Scusami, non… non volevo…"

"Non potevi sapere, certo"

"Ecco, sì… ma non che io…"

"Non che ti meravigli eccetera eccetera… le so tutte, tranquilla. Però almeno entra"

Anna entrò nel mondo di Renato: una casa piuttosto buia, fatta di tanti libri ovunque, un computer vicino ad una finestra, nessun televisore.

"Quello è il mio ufficio e la mia palestra", sorrise Renato, indicando la postazione del computer.

"E quelli sono i miei colleghi", con l'indice rivolto ai tanti libri.

"E questo sono io", abbassando lo sguardo su di sé.

"Ma… da quanto tempo è così?", chiese flebilmente Anna.

"Da un anno. Che, poi, è come se fossero dieci, o forse trenta, che dici? Sì, perché tanto non cambierà nulla: è la fissazione eterna di un dolore. La foto di un dolore che ti porti così, sempre davanti, immutabile. Che ti cancella anche quello che eppure si concede ai malati: la speranza. A me no, non è concessa. E così… dopo l'incidente, me ne sono venuto nella casa di mio padre. Sai, era morto poco prima di infarto. Una morte bellissima: nel sonno. Era un professore di liceo. Avrebbe voluto che anche io insegnassi al liceo classico, ma a me piaceva insegnare ai bambini… e infatti sono un maestro… non ti ho mentito…", accennando ad un triste sorriso. "Mi sono rinchiuso in questa tana fatta di libri. Ho scorte infinite, potrei sopravvivere cent'anni. Sopravvivere, appunto: non vivere"

Ad Anna mancavano tutte le parole; esattamente tutte quelle parole con le quali solitamente inondava le conversazioni con Renato al telefono. Si guardava intorno, di tanto in tanto; osservava quella tana un po' impolverata, una sorta di fermo immagine. E quell'uomo, così garbato, bello, intelligente: ne aveva avuto conferma, indubbiamente. Ma quel contesto no, non l'aveva ipotizzato.

"E non ti viene di uscire, almeno qualche volta?"

"Sono sei mesi che non esco: da quando sono entrato in questa casa. Non ho più voluto vedere e sentire nessuno. Tanto, la tecnologia ti consente di provvedere anche a distanza per spesa, libri, e quelli che chiamano generi di conforto… conforto… non saprei proprio dove trarlo… E così ho anche cambiato numero di telefono… ma questa è una storia che conosci già…"

Certo: Anna la conosceva già. E vi si era aggrappata come mai aveva fatto nella vita. Inevitabilmente finirono col parlare del dolore di entrambi, ferocemente declinato in tutte le sue manifestazioni. Finendo con l'ammettere, entrambi, che quella storia che entrambi avevano costruito e nella quale entrambi credevano era l'unica vera consolazione di una vita apparentemente privata anche della speranza.

Passarono quattro lunghe ore. Così, tra il dolore e l'estemporaneo sorriso, tra le lacrime e un abbraccio sofferto. Ma Anna doveva e voleva rientrare, e così arrivarono ai saluti.

"Scusami, se ho dubitato in qualche modo di te… se sono venuta così… all'improvviso…"

"L'avrei fatto anche io… Ora sai dove sono…"

"Certo…"

"Comunque, chiamami quando vuoi"

Anna gli sorrise e poi lo abbracciò.

Quella sera, appena arrivata a casa, lo chiamò. Come se non si fossero visti, come se nulla ci fosse stato. Come se nient'altro avrebbe potuto mai esserci.

Indice

www.ingramcontent.com/pod-product-compliance
Lightning Source LLC
Chambersburg PA
CBHW021358160726
47994CB00007B/3003